PABLO ALBO
LUCÍA SERRANO

PELUSA
ASESINA

thule

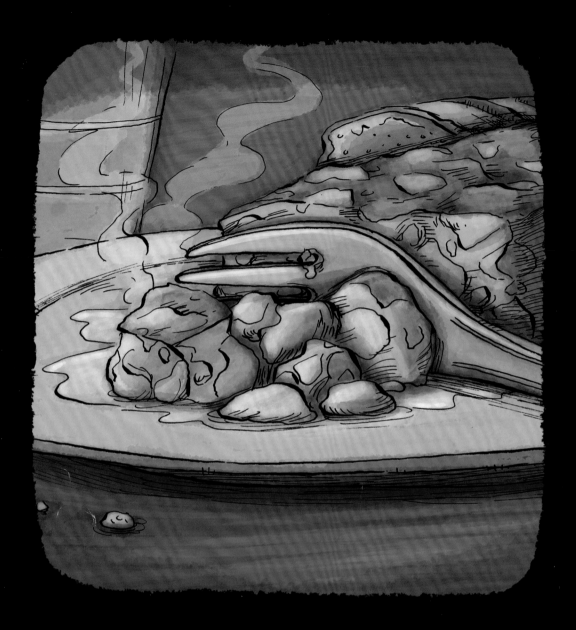

Nunca entendí por qué en mi casa, los días de limpieza general, cenábamos tortilla de patatas con cebolla. No me molesta limpiar, pero odio la tortilla. Mis padres tienen la manía de hacerla medio cruda, con el huevo que se derrama por el plato cuando la cortas y...

¡Uf! Me dediqué a limpiar mi habitación para olvidarlo.

Para olvidarlo y para que nadie descubriera mi secreto. Al final del día, la habitación debía parecer tan limpia que a nadie se le ocurriera mirar bajo la cama.

Hace años, cuando era pequeño, me dio por pensar que ahí había un monstruo. Nunca he limpiado ese sitio ni he permitido que nadie lo hiciera, no fuera a ser que el monstruo, o lo que hubiera, se llevara alguno de mis seres queridos, como había hecho con tantas cosas que se me iban cayendo y que nunca me fueron devueltas (aunque tampoco yo me atreví a meter la mano para recuperarlas, la verdad).

Si lo había, muy peligroso no debía ser, porque llevaba años durmiendo encima de él y nunca me había devorado.

De pronto me pareció todo un poco absurdo. Me sentí demasiado viejo para tener miedo de una cosa así y empecé a reñirme:

—¿Qué es eso de tener miedo de una cosa que sé que no existe? ¿Es que ha pasado algo alguna vez? ¿Qué soy, una persona o un gusano?

Cuando empezaba a ponerme demasiado duro conmigo, pensé que mejor sería animarme y seguí diciéndome:

—Venga, voy a mirar debajo de la cama para convencerme de que no hay ningún monstruo.

—Pero, ¿y si lo hay? —me respondí.

—No lo hay —traté de convencerme.

—Ya, pero ¿y si lo hay? —me insistí.

—Pues lucharé contra él —me dije convencido.

—Ah, bueno.

Levanté la colcha, agaché la cabeza, miré y salí corriendo como alma que lleva el diablo. Algo había allí debajo. Algo grande y oscuro se movió al levantar la colcha. Era peloso y pardo, como una nube parda. Me pareció que me miraba, aunque no le distinguí los ojos.

Llegué a la cocina atravesando el pasillo. No recuerdo haber pisado el suelo del pasillo.

Entré y cerré la puerta de un portazo. Mi madre estaba batiendo huevos y mi padre lloraba. Nada grave, siempre se hace la víctima cuando le toca pelar y cortar las cebollas.

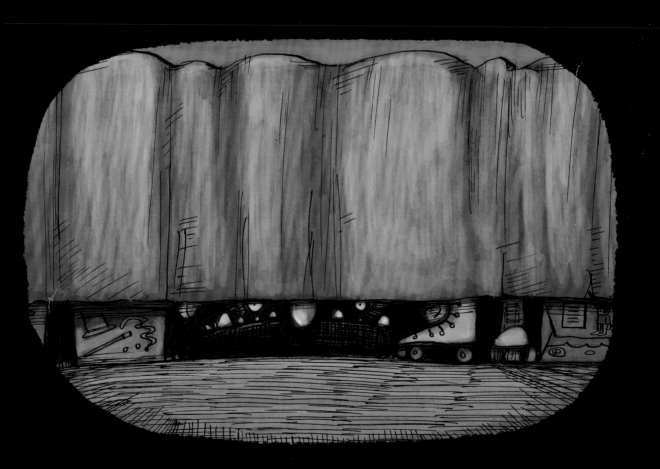

—Chico, ¿adónde vas tan corriendo? —dijo él, entre lágrimas.

—Querrás decir de dónde viene —le corrigió ella, bate que te bate.

—Chico, ¿de dónde vienes tan corriendo? —dijo él limpiándose los mocos con la manga.

—Nada, de mi habitación —respondí.

—Estás pálido. Cualquiera diría que te persigue un monstruo —dijo mi padre.

¡Perseguir! No lo había pensado, ¿y si había salido tras de mí? Con el susto ni siquiera había cerrado la puerta de mi habitación. Me había visto, seguro, y después de años alimentándose de polvo seguramente le apetecería comerse a alguien.

Ahora podía estar acechando en cualquier rincón de la casa, esperando para saltarnos encima.

Empecé a marearme y a verlo todo blanco. Por mi culpa la bestia pelosa había estado años haciéndose grande.

Tenía que ponerle solución cuanto antes. Agarré la escoba más grande que vi y salí de la cocina dispuesto a encontrarla antes de que la bestia pelosa encontrara a nadie.

Me planté de un salto en medio del pasillo. Estaba desierto, pero la puerta del salón estaba abierta. ¡Madre mía, podía haber entrado en el salón! ¡Los abuelos y Chiqui estaban en peligro! Crucé la puerta gritando:

—¡Monstruo inmundo, vete de aquí!

Mi hermano lloraba. Mis abuelos tenían cara de miedo. ¿Había llegado tarde? No, les había asustado yo mismo.

El monstruo no estaba en el salón.

Me dirigí de nuevo a mi habitación, dejando un rastro de sudor por el pasillo.

Puse la oreja en la puerta. Se oían unos golpes. Pom, pom, pom. Me toqué el pecho. Era mi corazón agitado.

—Cuento hasta tres y entro —me dije.

Conté hasta tres.

—Bueno, cuento hasta tres y luego otra vez hasta tres y entro —me dije.

Conté hasta tres. Luego otra vez hasta tres.

—Bueno, cuento hasta diez y entro —me dije—. Uno, dos, tres, cuatro...

Entré antes de llegar a cinco. Soy así, me gusta sorprenderme.

Todo estaba tranquilo no había salido de su guarida, tenía que buscarla allí debajo. Pero antes elaboré un plan:

1. Abrir la ventana para que se oyeran mis gritos en caso de emergencia.
2. Empuñar fuertemente la escoba.

Ya está, ese era todo el plan.

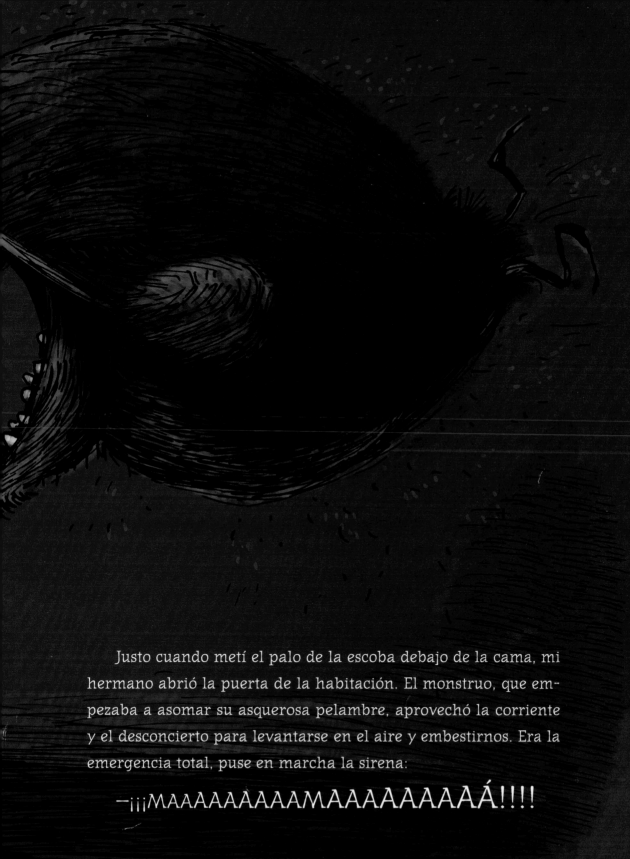

Justo cuando metí el palo de la escoba debajo de la cama, mi hermano abrió la puerta de la habitación. El monstruo, que empezaba a asomar su asquerosa pelambre, aprovechó la corriente y el desconcierto para levantarse en el aire y embestirnos. Era la emergencia total, puse en marcha la sirena:

—¡¡¡MAAAAAAAAAMAAAAAAAAÁ!!!!

Mi madre asomó la cabeza, asustada. Al poco, el resto de la familia hizo lo mismo.

—¡Dios mío! Pero...

—No hay tiempo para explicaciones —grité agitado—. Mamá, rápido, la aspiradora. Papá, consigue más escobas. Abuelo, pon a Chiqui a cubierto. Abuela, cierra las ventanas, no podemos permitir que salga.

En cuanto cerramos la puerta y las ventanas,
cesó la corriente de aire y se quedó quieta.
Se hacía la muerta. Se sabía completamente
rodeada. No podía con todos a la vez.

—Ya me encargo yo —dijo mi padre.

—No, papá, es cosa mía —dije yo.

Mi madre y mis abuelos asintieron con
la cabeza, entornando los ojos para darle
más gravedad a la decisión.

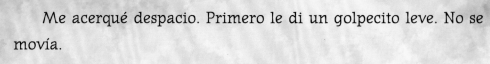

Me acerqué despacio. Primero le di un golpecito leve. No se movía.

Empujándola con la escoba, la llevé al recogedor y de ahí, con cuidado, al cubo de la basura. Mi abuela cerró rápidamente y se sentó encima (es alérgica al polvo y todo lo que sale de debajo de la cama le da pánico).

En ese momento nos llegó un olor intenso a carbón.

—Mirad, está ardiendo en su propia ira —dije yo.

Pero alguien gritó «¡La tortilla!», y todos salieron corriendo en dirección a la cocina, de donde venía realmente el olor, y me dejaron solo.

Fue así como la tremenda pelusa que se había ido formando debajo de mi cama encontró su fin en el cubo de la basura. Descanse en paz.

Fue así como acabé con el miedo que le tenía a lo que pudiera haber debajo de la cama.

Fue así como descubrí que hay algo peor que la tortilla cruda: la tortilla carbonizada.

La pelusa asesina

Primera edición: noviembre de 2012

© 2012 Pablo Albo (texto)
© 2012 Lucía Serrano (ilustraciones)
© 2012 Thule Ediciones, SL
Alcalá de Guadaíra 26, bajos
08020 Barcelona

Director de colección: José Díaz
Diseño y maquetación: Jennifer Carná

EAN: 978-84-15357-17-9
D. L.: B-25658-2012

Impreso en Lito Stamp, Barcelona

www.thuleediciones.com